Cuentos para empezar

EL PRINCIPE RANA

por Mary Lewis Wang

ilustrado por Gwen Connelly

Preparado bajo la dirección de Robert Hillerich, Ph.D.

Traductora: Lada Josefa Kratky

Consultante: Dr. Orlando Martinez-Miller

CHILDRENS PRESS ®

CHICAGO

—¡Mi pelota! ¡Mi pelota!
¡Quiero mi pelota! —dijo la princesa.

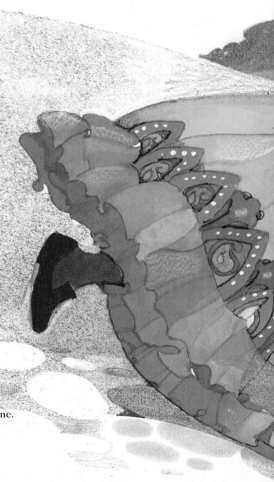

Library of Congress Cataloging-in-Publication Data

Wang, Mary Lewis.
   El príncipe rana.

   (Cuentos para empezar)
   Resumen: Otra versión del cuento de hadas de Grimm en
que una rana le devuelve una pelota a la princesa a cambio de
una promesa que luego la princesa no quiere cumplir.
   [1. Cuentos de hadas 2. Folklore—
Alemania] I. Título. II. Serie
PZ8.W196Fr 1986   398.2'1'0943 [E]   86-11796
ISBN 0-516-33983-4

3

—Déjame ayudarte,
princesa —dijo la rana.
La princesa dijo:
—Una rana no puede ayudar.

La rana dijo: —Yo
iré por tu pelota. Pero,
¿harás algo por mí?
—¡Sí! ¡Sí! —dijo
la princesa.

—Déjame jugar contigo
en tu casa —dijo la rana—.
Déjame comer contigo.
Déjame dormir junto a ti.

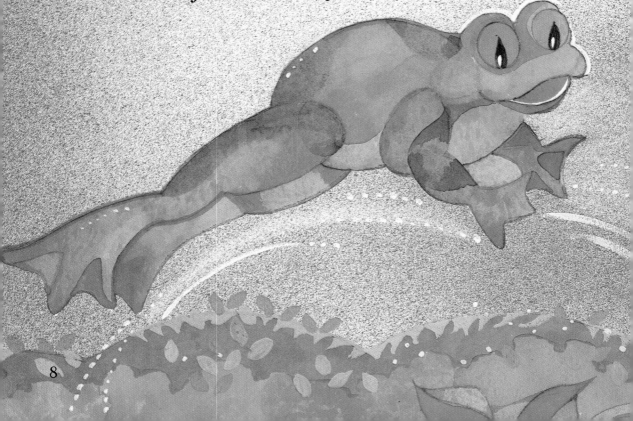

—¡Sí! ¡Sí! Te prometo
—dijo la princesa.

La rana bajó.
Subió con la pelota.
La princesa se fue
corriendo con la pelota.

—¡Párate! —dijo la rana—.
¿Y tu promesa?
   La rana corrió detrás
de ella.

—¡Déjame entrar! —dijo.
—No, rana —dijo la princesa.
—Pero me lo prometiste —dijo la rana.

12

—Sí, te lo prometí
—dijo la princesa.
La rana entró a
jugar.

14

Dijo la rana: —Ya jugamos.
Ahora, déjame comer contigo.
    —No, rana —dijo la
princesa.
    —¡Pero me lo prometiste!
—dijo la rana.

17

—Sí, te lo prometí —dijo
la princesa.

La rana se sentó
a comer.

—Estuvo muy bueno —dijo la rana—. Ahora, a dormir.

—No, rana —dijo la princesa.

—Pero me lo prometiste —dijo la rana.

—Sí, te lo prometí
—dijo la princesa—.
Duerme allí, pero después
vete de mi casa.

¡Puf! La rana no era rana.

Era un príncipe.

—¡Oh! —dijo la princesa—. ¿Quién eres?

—Era príncipe —dijo—.
Pero una bruja mala me
convirtió en rana.

—Fui rana por mucho
tiempo.

26

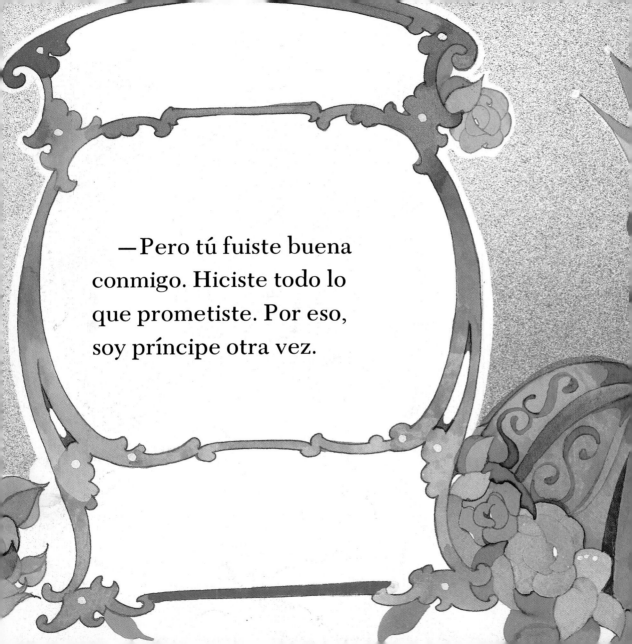

—Pero tú fuiste buena
conmigo. Hiciste todo lo
que prometiste. Por eso,
soy príncipe otra vez.

29

Todos estuvieron contentos.

LISTA DE PALABRAS

a	después	jugar	puede
ahora	detrás	junto	quién
algo	dormir	la	quiero
allí	duerme	lo	rama
ayudar	ella	mal	se
ayudarte	en	me	sentó
bajó	entrar	mi	sí
bruja	entró	mí	soy
buena	era	mucho	subió
casa	eres	muy	te
comer	eso	no	tiempo
con	estuvieron	oh	todo(s)
conmigo	estuvo	párate	tu
contentos	fue	pelota	tú
contigo	fui	pero	una
convirtió	fuiste	por	vete
corriendo	harás	princesa	vez
corrió	hiciste	promesa	y
de	iré	prometí	ya
déjame	jugamos	prometo	yo

Sobre la autora

Mary Lewis Wang ha editado muchos libros para niños. Anteriormente fue redactora con McGraw-Hill Book Company, Golden Press y John Wiley & Sons. También ha trabajado como reportera para la revista *Newsweek* y como crítica literaria para el diario *St. Louis Post-Dispatch*. Natural de Nueva York, vive ahora en St. Louis, Missouri. Con su marido ha criado tres hijos a quienes les gustaba mucho leer: probablemente la mejor preparación de todas —según ella— para ser escritora para niños.

Sobre la ilustradora

Gwen Connelly nació en Chicago en 1952. Después de estudiar Bellas Artes en la Universidad de Montana, trabajó en varias áreas del arte comercial. Desde que se dedicó a publicaciones para niños, ha ilustrado varios libros de cuentos y contribuido a varios programas escolares. La Sra. Connelly vive en Highland Park, Illinois, con su marido, dos hijos y cuatro gatos.